KB110006

광대 소녀의 거꾸로 도는 지구

광대 소녀의 거꾸로 도는 지구

정재학 시집

민음의 시 146

민음사

自序

서른 번이 넘는 봄을 겪었지만
그동안 봄의 아름다움을 제대로 알지 못했다.

이제 봄이 무엇인지 조금은 알 것 같다.
바람은 따사롭고 이마가 간지럽다.
첫눈처럼 떨어지는 꽃잎도 보았고
흙내가 좋다는 것도 최근에야 알았다.

많은 아름다움을 삭제하면서도
혹은 삭제당하면서도
나는 결국 침묵하지 못하였다.

2008년 늦봄,

정재학

차례

Ⅲ

IV

V

I

시원(詩源)

태양이 지나다니지 않는 막다른 어둠에서 빛을 들을 때가 있다

어느 쪽 귀가 먼저였는지 알 수도 없이 순식간에 칼이 꽂히듯 내 두 귀를 관통한다 직선적이지만 첫 담배처럼 몽롱하다 그것은

그 순간은 몸 전체가 두 귀 사이에 담겨 있는 것 같다

꽂힌 빛이 뒤틀린다
내 귀는 아무 저항도 하지 못하고 연두색 피를 흘린다
시작점을 알 수 없는 빛, 단지 과정일 뿐 내 귀를 주파해 낸 빛이 어디까지 가는지 나는 알지 못한다

모든 소리들 멀어지고
내 목소리만이 아주 가까운 곳에서 울린다
아니, 온몸에서 울린다
나는 잠시 종이 되는 수밖에
발밑으로 흘러내리는 종소리
아주 잠시 그것을 볼 수 있다

Psychedelic Eclipse

i

黃砂 분다

늙은 기차여,
지루한 시간은 빨리 가자

ii (part 1)

목재와 석탄을 나르는 야간열차를 타고
마야maya 역에 도착한다

이곳의 바람에는 기타 소리가 섞여 있다
— 나의 귀는 아직은 예민하지

한물간 도시,
나의 한때를 풍미했던 음악이 울리는 곳
킹 크림슨, 지미 헨드릭스, 로이 뷰캐넌, 시드 배릿… 가끔은 제플린호를 타고 8마일 높이로 오르기도 하고 근처 아스투리아스Asturias 마을의 조그만 선술집에서 새벽까지 로드리고, 망고레, 빌라로보스를 들을 때도 있었다네

또 가끔은 머신 헤드Machine Head 역으로 가는 기차 소리에서 해먼드 오르간 연주를 듣기도 했네 — 건반 주자라면 누구나 들을 수 있었을 것이다 존 로드, 키스 에머슨, 클라우스 슐츠를 좋아했을 뿐 나는 결국 이곳에서 뛰어난 기타리스트도 키보디스트도 아니었네

그러다 기타 속에 마약을 가지고 있었다는 이유로 감옥살이를 하고 추방되었지 요즘도 가끔 나를 찍어 대는 플래시 소리를 꿈에서 듣는다네 난 구석에 몰려 계속 찍히는 수밖에 없었지, 젠장!

ii (part 2)

기타 속에 모르핀을 숨겨 놓다니… 참으로 치밀하군. 얼마씩

받고 팔았지? 팔려고 했던 게 아니야. 그냥 좀 괴로웠을 뿐이라구. 오래된 친구를 잃어 본 적이 있나? 그건 내가 알 바 아니고… (펑—! 좀 위로 바짝 들어 봐.) 기타와 건반을 치기 전에는 뭘 했나? 비디오 촬영기사를 한 3년 했지만 정확히 기타를 치기 전이라고 얘기할 수는 없어. (펑—! 왼쪽으로 돌아.) 기타는 그 전부터 쳤으니까… 비디오? 뭘 찍었나? 포르노? (펑—! 이제 오른쪽 벽을 봐.) 결혼식 촬영이었어. (펑—!) 자네가 만들었다는 곡은 정말 지루하더군. 이봐, 솔직히 얘기하자구. 5분이 넘으면 방송도 탈 수가 없어. ***빌어먹을, 나를 그냥 아스투리아스로 보내 줘.*** 아직도 정신 못 차렸군. 감옥으로 보내 줄 수는 있어.

iii

나의 시간은 과거와 결별한 채 다시 이곳에서 시작한다

새벽녘 꿈에서 들은 마지막 플래시 소리는
실로폰 같은 크리스털 소리

팅—

다행히도

            라디오에 의해 조작된 소리인지도 모르지

                        어쨌든 나는 그 소리에서부터

계속 나아갈 수 있었다

iv

이곳의 풍경은 너무 선명해서 진짜 같지가 않아

길 위에 보이는 저것은

산호초인가

핏줄 다발인가

낡은 도시의 폐쇄로,

완벽한 일식의 지점을 보기 위해 찾은 곳

이 길을 채우고 있는 것은

안개비, 검붉게 타는 자동차 몇 대
노파 그리고 나

v

한때 사실이었던 이정표 아래 서 있는
노파가 되어 버린 소녀
소녀가 되어 버린 노파

나와 그녀 사이는
비로 가로막혀
저 길이 거짓말을 했다고 외치는
목소리만이 나에게 툭 부딪혀 떨어졌다

길바닥에 떨어진 그녀의 목소리는
비바람에 나뒹굴며
두 개의 음성으로 갈라진다 — 和音
하나) 불투명한 유리라고 깨 버릴 수는 없다네

해 절반 비 절반 오너라

반지에 들어갈 영혼 있으니

둘) 웃음소리 — 음향에 가까운 노래

vi

연기처럼 피어오르는 촉수,

완벽한 일식을 찾는

나는 그 이미지를 구겨서 내 입으로 삼킬 것이다

그것을 먹으면 내 심장이 하루 동안은 양순해지리라

vii

나쁜 밤을 견딘 흐릿한 반지

간신히 눈을 뜬다

거대한 반지는 나의 거울, 프리즘, 웅덩이
반지에 내 모습을 비추어 본다
나는 반지의 거울, 프리즘, 웅덩이
반지는 나에게 모습을 비추어 본다

반지의 실체는 '사실'이지만 '진실'은 아니다 — 총 자체는 쏘려고 하는 욕구가 없다

착각하지 마라,
'사실'은 '진실'과 다른 계단에 있다

때로 리얼리스트들은 기독교처럼 폭력적이다

viii

되비치는 빛을 삼키며 핏줄 더미가 불타올랐다

내 빰이 만지는 것

내 눈이 맛보는 것
내 혀가 응시하는 것
내 손가락이 듣는 것
나의 심장이 만나는 것

지치지 않으리라,
이름 모를 촛불들이 나를 지킬 것이다

ix

도로 한복판에 변기와 욕조가 버려져 있었다
욕실에 앉아 있는 듯
기침 소리가 텅텅 울렸다
내 가슴속은 타일처럼 아프다
단단하게

돌덩이로는 깰 수 있을 만큼

x

말을 탄 사람이 다가와서
죽은 부엉이를 먹으라고 던져 준다
— 그 말은 굵은 목과 튼튼한 다리를 가지고 있었다
너무 멀어지면 그저 빛이 된다네
그리고 그곳은 빛이 소멸하는 세계라네

세상에는 돌고래, 부엉이, 고양이 같은
먹어서는 안 되는 고기가 있지
나더러 이 저주를 먹으라고?

나는 그의 모자를 향해 총을 쏘았다
맑은 유리잔 부딪치는 소리가 났다

xi

여기저기 팔려 다니던 나귀 하나 신호등에 묶여 있었다.

당나귀 발타자르,* 너는 낙타의 눈을 닮았구나. 말보다 작지만 말보다 많은 일을 하는 발타자르. 사람들아, 착한 당나귀를 때리지 마라. 네 걸음을 다 합치면 지구를 몇 바퀴나 순례했을까. 줄을 풀어 주고 당나귀를 쓰다듬어 본다. 나를 믿는 짐승의 털을 만지는 것처럼 기분 좋은 일도 없다. 발타자르야, 이제 일은 그만 하고 놀아라.

당나귀는 폐쇄로 끝으로 빛이 되어 사라진다.

xii

일식이 지나가고
거대한 반지도 사라졌다

노파, 굳은 핏줄 다발을 들고

* 로베르 브레송의 영화 「당나귀 발타자르(Au Hasard Balthazar)」(1966). 나는 이 영화를 보고 당나귀를 좋아하게 되었다.

비를 걷어 내며 다가온다

노파가 묻는다
너는 항상 너의 왼쪽 얼굴을 더 사랑하지 않았느냐
몇 초의 침묵 끝에 나는
아니라고 말 못한다

오른쪽 눈에서 핏빛처럼 진한 녹물이 새어 나왔다
— 노파에게는 그것이 눈물로 보였을까

계수나무 하나 잡아먹고
그 자리에 이 핏줄 더미를 심어 놓아라
누구도 본 적이 없는
세상에서 하나뿐인 나무가 자라 꽃을 뱉어 내고
그 꽃잎들이 너의 길을 채울 것이다

기차 소리 들리고,
희뿌연 내 그림자 길 위에 번지고 있었다

빌딩 숲 공원묘지

곤충들이 내 머리로 몰려든다 죽은 줄만 알았던 이 숲,
땅에서는 개미집 냄새가 질척이고 낙엽들은 휜 가지를
붙들고 있었다 귀로 들어온 딱정벌레 하나 출구를 찾지
못하고… 나는 귀를 막고 걷는다 몇 마리의 벌레가 떨어
졌다 죽은 벌레처럼 말라 흙이 되고 싶었다 이곳에서도
난 자유롭지 못하다 이 길은 분명 흐르고 있다 길을 막
는 묘비들을 뚫고 얼굴 없이 심장만 두 개인 사람들의
행렬을 뚫고

이곳에서 나는 뒷모습으로 걸었다

즉단(卽斷)

평소 잘 아는 동생인 D에게 물었다 거기에 어떻게 가는 게 좋을까 지하철역과는 거리가 있어서 마을버스를 또 타야 하고 버스로 가려면 갈아타야 하고… 말을 타고 가는 건 어때요? 가격도 택시보다 저렴해요 D는 사천 원이 절약된다는 것을 자세히 설명했다 그는 채찍을 쥐고 앞장섰다 너 마부였니? D는 뒤를 한 번 힐끔 돌아보고는 아무 말 없이 계속 걸었다 어떤 사무실로 들어서자 마구간 냄새가 진동했다 말은 보이지 않고 청바지만 입은 어떤 소년 하나가 이리저리 거칠게 뛰고 있었다 기껏해야 중학교 3학년이나 되었을까 D는 나에게 말을 처음 탈 때 필요할 것이라며 채찍을 쥐여 주었다 그는 말을 달랬지만 날뛰는 소년을 진정시킬 수 없었다 소년은 나를 향해 달려왔다 나도 모르게 채찍을 휘두르고 말았다 말 울음소리가 들렸다 D와 소년은 동시에 나를 쏘아보았다 넌 이런 놈일 줄 알았다는 듯이

굳어진 손가락이 구겨진 기타 줄에게

수염이 나기 시작했을 때
해가 지고 나서도 흰 실과 검은 실을 구별할 수 있었지
그것도 많이 늦은 거였는데

수은 비를 맞은 뒤로는 회색 실만 구별할 수 있었다네
모든 실 회색이라 했으니까 구별했다고 말 못하지

나에게 이미 검은, 흰 머리칼이 섞여 있는데도 — 다행히
아직은 검은 색이 더 많다네
흰 실과 검은 실을 구별하지 못하고 있어
하지만 모두들 믿지 않지
모두들 그저 회색이라고 얘기하는 그 색에도
백 가지가 넘는 채도가 있다는 것을
이것도 아직 내가 찾은 것일 뿐
보라색과 자주색의 차이를 모르는 사람들을 설득시키기는
어려운 일일세

회색이 회색의 일부이듯

나는 나의 일부일 뿐이라네

내가 우리의 일부인지에 대해서는 논쟁하고 싶지 않다네

역류

전화가 왔다 오랜 친구 번호였다 여보세요 여보세요 친구는 대답이 없고 심한 잡음 너머 두 사람이 얘기를 나누고 있었다 지직거리는 소음과 섞이지 않는 대화가 조금씩 확대되었다 내 목소리가 꾸물꾸물 수화기를 비집고 기어 나왔다 고등학생 때였다 아주 오래전의 일이었지만 우리의 대화는 손마디를 느끼는 것처럼 생생했다 우리는 여자 친구에 대한 고민을 얘기하고 담임 욕을 하기도 했다 그냥 그런 얘기들이었다 지금도 그리 다르지 않다 내일 학교 끝나고 수돗가 앞에서 만나기로 하고 나는 전화를 끊었다 항상 수도를 잠그지 않는 애들이 있었다 모두 무관심하게 지나쳤다 그 물은 지금도 넘치고 있을까 우리가 내뱉은 말들이 그 오랜 시간 어디쯤에서 반사되어 다시 나에게 온 것일까
어디로 다시 떠나는 것일까 우리의 대화는

간이역이 여우비를 지날 때

넘치는 휴지통을 발로 콱콱 누르다가 그 속으로 빨려 들어가고 만다 역에는 늘 종이들이 붐벼요 한쪽 발목은 어디로 사라졌니? 너무 오래 걸어서요 종착역이 없으니까… 내일 굽이라도 박으려고요 내 이빨이 대답했다 벽이 너무도 부드럽고 축축하여 그만 벽 속으로 들어가 버리고 싶었다 아버지, 변명은 않겠어요 결국 전 옳지 않은 일을 했어요 가까이 오지는 마세요 여긴 비가 오고 있으니까요 너무 만족하지 말아라 네 화석 같은 손톱은 중요하지 않으니까 태양은 침을 질질 흘리고 있었다 버려진 유리병에는 단추가 가득했지만 제가 찾는 단추는 없었어요 구두만 한 짝 잃어버렸죠 귀 주위로 계속 침이 흘러 더러운 셔츠 속의 땀과 엉겨 붙었다 검역관이 오면 저를 못 본 지 오래되었다고 해 주세요 막 도착한 버스에 올라탔지만 운전사는 자리를 비운 후 다시 나타나지 않았다 살인이 일어날 것 같은 더위였다

어느 老의사의 조각난 거울

우연히 나를 보는 것은
녹음된 내 목소리를 듣는 것처럼 이상하고 무서운 일이다
어쩌면 난 직업을 잘못 택했는지 모르겠다 이런 회의를
느낄 나이가 아니라는 것은 알고 있다
나에게는 50대 중반이 가장 힘든 시기였는데 나 자신과
화해하기에는 너무 늦어 있었다 젊었을 때는 인생의 쓴
맛 단맛 다 본 중년이 자살하는 것을 이해하지 못했다
붕괴는 한 순간이다

의사였던 부친의 뜻대로 의대에 갔지
만 정신과 외에는 관심이 없었다 그나마 다행이었다 생
활의 전부 혹은 일부를 병원에 의지할 수밖에 없는 사
람들에게 내가 해 줄 수 있는 것은, 얘기를 듣다가 몇 개
의 알약을 주고 잊으라고 당부하는 것뿐이었다 물론 여
기에는 경험에서 오는 확률 통계적인 기술이 있다

환자의
이름을 곧 잊을 만큼 난 늙어 버렸다 처음 개업했을 때
보다는 환자에 대해 많이 이해하고 있는 듯하지만 사실
은 예전보다 아는 게 없다 처방은 확신을 주어야 한다
아니, 확신이 있는 척해야 한다

남의 고통에 대해 이해하는 것은 말 더듬는 나 자신을 바라보는 것보다는 쉬운 일이다 지금까지 다섯 명의 환자가 자살을 했다 부분적으로는 분명히 내 무능력 탓이었다 그중 한 명은 내 아들이었다

언젠가는 이 거울이 깨질 것만 같았다 이상한 불안 증세였다 다행히 37년 동안 잘 버텨 주었다 마음이 평온해졌다 정신과 의사이면서도 강박증과 몇 가지 신경증을 여전히 가지고 있다 다행히 직업적으로 훈련된 완벽한 방어기제를 가지고 있다 내 얼굴에 박힌 돌들을 언제 다 빼낼 수 있을까

난 학계에서 너무 많은 적을 만들었다 이 나이가 되니 많이 외롭다 학계에 친구가 많은 사람은 좋은 학자가 되기 어렵다는 생각에는 변함이 없다 하지만 가장 인간에 대해 애정을 가지고 있어야 하는 나에게 옛 친구들조차 거의 남아 있지 않다

정물화처럼 앉아 있는 환자들, 그 평온 속의 격렬함에 늘 대비해야 한다 이상한 일이지만 내 앞에서 울음을 터뜨리는 일은 거의 없

다 회색처럼 권태롭지만 그들이 싫지 않았다 사람들이 최후의 경계선을 보이는 일은 무척 드물다 내 촉수의 한계는 명확하다 보이는 것은 일부일 뿐이다 완전함을 위해서는 아니, 완전함으로 가기 위해서는 상상에 의존해야 한다

내 귀는 언제나 임신 중이다

환자와의 약속 시간이 다 되었다

깨진 유리들, 날카롭게 반짝이고 있다

이 조각들을 녹여 버리고 싶었다

백 개의 태양이 죽은 터널

원형극장 한복판에 터널들이 세로로 세워졌다 내가 살고 있는 터널은 땅속처럼 어두웠다 터널의 꼭대기에는 연기도 간신히 통과할 수 있는 촘촘하고 단단한 창살이 있다 굳어진 것은 뚫고 나가지 못한다 붕괴되면서 상승하는 연기처럼 나는 언제든 무너질 준비가 되어 있다 추방당한 곳으로 되돌아가기 위해서가 아니라 더 밖으로 가기 위하여
밤인데 어딜 그렇게 급하게 나가니
술 한잔 먹고 가거라
할머니, 여긴 터널이에요
이 어둠을 믿으면 안 돼요
지금은 한낮인걸요
목구멍에서 어제 마신 술 냄새가 올라와도
할머니 한 잔 나 한 잔
왜 우리 가족은 술 안 먹으면 대화가 없을까
아가, 옆집 사람들은 아기들이 울어서
밖으로 나갈 수 없다는구나
저는 고양이들인 줄 알았어요
술을 마시면 속이 깨끗해지는 느낌이에요

어느 정도는 그래요
어쩌면 할머니는 치매가 아닌지도 몰라요
사실 할머니 말고는 모두 미쳤죠
제 말을 못 알아들어도 할머니를 사랑해요
바구니의 하얀 새
고양이들이 뛰어간다
터널의 창살과 함께 질주하는 달
침대에는 항상 독수리 발톱이 가득 태어나 있었다
썩은 나무토막이 흘리는 음(音) 사이로
입술들이 돋아 합창을 한다
어떤 노래도 거짓은 아니었지만 진실의 절반도 안 된다
바다로 흐르는 바람을 만나고 싶다
할머니의 숨소리가 멀미로 밀려온다
저도 귀가 먹을까 봐 걱정이 돼요
전 단 한 번도 할머니 돈을 훔치지 않았어요
어머니도 아버지도 그렇고요
다들 할머니보다 부자인걸요
그래서 할머니보다 술도 많이 마시는걸요
기차 소리 들린다

늘 소리만 들린다
경적이 울리면 나는 문 뒤에서
그림자놀이를 했다
이곳은 습도가 높아서
시간마저 미끄러지곤 한다
나는 숨을 마실 때 아이가 되고
숨을 내쉴 때는 어른이 되었다
나는 펜이 얼굴에 박히지 않도록 늘 조심한다
펜이 꽂혀 있는 얼굴은
아무 표정도 짓지 못한다
가슴뼈가 성장을 멈추기 때문이다
할머니는 할아버지 술 끊게 하려고
껌정소 오줌도 받아다 먹였다지요
저도 그 오줌이 필요한데
이제 검은 소는 보이지 않아요
두 살 된 아기에게도 술을 먹이는 아버지
그만 주세요
이미 많이 먹었다고요
층계마다 뜨는 해를 집어삼키며

거대한 터널로 무럭무럭 자라는 원형극장
점점 좁아지는 창살에
가시 돋아난 전갈의 눈이 겹쳐진다
전갈의 껍데기 안에는 부서진 얼음
백 개의 태양이 태어나고 죽어 가는 계단
그곳에서 나는 내 눈에 돋아난 가시를 자주 잘라 낸다

Ⅱ

Temple of The King

사원 밖에는 천 년 묵은 거대한 나무가 서 있었다. 사계절을 동시에 지닌 은행나무, 끝 자락에서 노란 잎이 취할 만큼 나린다. 태양과 가장 가까운 색채가 떨어지는 계절의 하류에서 등 푸른 여우 두 마리가 몸 비비고 있었다. 작은 이파리들이 습자지처럼 떨린다. 흩날리는 가을 밑으로 여름, 봄이 경계 없이 섞여 있었다. 팔월의 볕 속에서도 나는 여름을 제대로 살피지 못한다. 빈 가지 아래에는 여우들의 발톱 몇 개만 남아 얼기 직전의 차가움을 내뿜고 있다. 땅속의 온기가 간직한 천 겹의 겨울. 모든 간섭에서 벗어난 전령사, 잠든 바람을 깨워 나르고. 조금 드러난 뿌리만으로도 왈칵 내 눈 얼어붙은 웅덩이로 만들어 그 위를 오래도록 서 있게 하여, 나무가 사원보다도 종교적으로 느껴졌다. 웅덩이 속에는 삼십여 년 된 돌멩이 몇 개.

편도(片道)

다시 한 번만 말해 주실래요? 난 눈 밑에 생긴 점을 바늘로 파내고 있었다 그는 외국어를 번역해서 읽어 주듯이 천천히 말해 주었지만 잘 들리지 않았다 고막이 약해졌어요 어지러워요 뒤통수에 매달린 자루에서 피를 빨아들이는 것 같아요 알루미늄 긁는 것 같은 그의 목소리에 고막이 뜨거워졌다 귀에 우유를 조금 부어 보았다 혀 위에 자갈이 굴러다녔다 내 혀에 바퀴가 달려 있다면 얼마나 좋을까 잠깐 먼 곳을 보면 안 될까요 하늘마저 너무 납작하군요 休
바람을 하도 많이 마셨더니 헛구역질이 나요
이제 그 소리를 내려놓으세요
논리적이지만 참혹하군요
그때 다친 곳은 지금 숨을 쉬는 중입니다

일인극이 끝나고

어릴 적 친구가 살던 집으로 이사했다. 그새 주인이 몇 번이나 바뀌었을까. 계단에는 이제 늙어 버린 고양이가 졸고 있었다. 이삿짐을 다 옮길 무렵 그 친구가 지나간다. 다가서자 그는 아이처럼 작아진다. 친구를 안아 본다. “하나도 자라지 않았네?” 그는 건조하게 웃었다. 계단에는 교실처럼 아이들이 앉아 있었다. 처음 보는 아이들이었다. 그는 계단 위로 가서 한 아이의 뺨을 후려쳤다. “이건 i 때문인 줄 알아. i가 죽었어. 거울이 비어 있다며 자살했어.” 평소 그렇게 당차던 i가 자살하다니… “저 아이가 i를 어떻게 알고 있지?”
“누군지 궁금해할 필요는 없어. 이건 서로의 역할을 바꾸어도 상관없는 연극이니까. 네 대사를 잠시 빌렸을 뿐이야.” 나무가 길을 향해 짖어 대고 있었다. 정확히 어떤 동물의 소리를 닮았는지는 알 수 없었지만 내 목소리처럼 느껴졌다.

내 방의 태양

곧 죽을 백열등이 젖은 지갑을 말리고
나는 110V 전구를 찾아 돌아다니고

— 이 동네에서는 110V 사라진 지 오래되었어요
— 제 태양은 110V인걸요 저도 이 동네 사람이에요

버림받은 개처럼
우린 모두 조금씩 이상해요

지갑이 마르지 않으면 약속에 나갈 수가 없어요
늙은 태양은 죽어 가고

나방의 떨어진 날개들만
가늘게 파닥거리는 저녁

하루는

조카 지윤이가 컵을 들고 오더니 "삼촌, 마셔!" 소리친다 안을 보니 아무것도 없었다 갸우뚱 쳐다보자 다시 한 번 "마—셔!" 나는 고래의 눈을 가진 조카에게 취해 벌컥벌컥 마신다 지윤이는 단추를 조물락거리며 대답을 기다리다가 "맛있지?"라며 되묻는다 컵에서 피아노 소리가 넘쳐흐르기 시작했다 하늘에 핑크 빛 돼지 수십 마리가 떼 지어 날아가는 오후였다

어느 안과 의사의 폐업 전야

어머니, 눈이 아파요 그동안 얘기하지 못했지만 오래전부터 그랬어요 단지 담배 연기 때문인 줄 알았어요 눈동자가 하얗게 변하기 시작했어요 탈색이 되려나 봐요 흰 수건에는 얼룩이 가득해요 이제 환자들도 오지 않아요 검은색은 점점 선명하게 다가와요 모르시겠지만 세상은 이상한 윤곽을 가지고 있어요 어제는 거리에서 먹이를 쪼는 검은 닭을 보았어요 가까이 갔을 때 그것은 단지 검은 비닐 뭉치였죠 분명히 닭의 눈동자와 부리를 보았는데… 달빛의 장난이었나 봐요 전 어렸을 때 프리즘을 가지고 노는 것을 좋아했잖아요 눈동자가 없어져도 세상을 볼 수 있을까요? 그런 눈으로 절 보지 마세요 어디나 늘 같은 곳이에요 나를 둘러싼 벽은 너무 높기만 해요 제가 흰자위뿐이어도 저를 사랑하시죠? 엄마는 제가 아플 때마다 땅에서 샘솟는 맑은 물을 마시는 저를 보시지요?

토끼

계단은 아래에서 볼 때 아름답다 나는 계단 아래에서 죽은 토끼를 팔았다 한번은 계단 위로 오르려 했으나 다리는 공중에서 헛걸음쳤다 사다리도 보이지 않았다 장사가 끝나면 먼 길을 돌아가야 한다 가끔은 휠체어 탄 악사들이 내 주위로 몰려와 음악을 연주했다 그래도 죽은 토끼는 계속 잠들어 있다 음악은 항상 너무 빨리 끝나 버렸다 계단을 오르는 행인들과 흥정할 때마다 죽은 토끼는 녹색 콧물을 흘렸다 토끼에 아스팔트를 발라 건네주면 지폐 몇 장을 더 받을 수 있다 죽은 토끼를 팔면서 머리가 무거워졌다 의사는 검사 결과 납이 들어 있다고 했다 갈수록 통증이 심해졌다 다른 병원에서는 죽은 토끼 한 마리가 들어 있다고 한다 처방은 없었다 매일 자기 전에 종이를 머리에 담가 마블링해 보았다 그 우연은 항상 명확하다 조금씩 죽은 토끼가 커지고 있었다 그 아픔은 어금니가 으스러질 정도로 지독했다 토끼의 두 귀가 내 이마 안쪽을 쓰다듬을 무렵 뇌를 조금씩 갉아 먹기 시작했다 눈알이 빨려 들어가는 순간 토끼는 내 얼굴을 뚫고 달려 나갔다

진홍의 거리

승마복을 입은 여인이
열쇠를 주렁주렁 달고 서 있었다
화석 같은 건물 앞에서

— 말은 어디에 있나요?
— 고래의 뼈와 바꾸었어요
 취한 뒷골목은 늘 섬을 그리워하니까요
 이곳은 모든 것이 벽돌이군요 하늘까지도
 이 진홍의 바람은 어디에서 불어오는 걸까요
— 천장에 박힌 태양이 말라 가서
 가끔씩 가루가 날린답니다
 주위에 핏빛만이 가득해요 물론 좋은 일은 아니죠
 저 천장은 하늘일까요, 하늘이었을까요

회색의 거리, 진홍의 바람
내 흰자위가 붉게 물들고 있었다
그녀는 괜찮다는 말만 반복했다
화석이 된 거리에서

눈꺼풀이 닫히질 않아 다른 바람을 쐬고 싶다
마른 물감을 숨 쉬는 것같이
온몸에 들어온 진홍 입자
빠져나가지 못한 채 서걱거렸다

내 몸이, 노을에서 해가 나고
호수로 해가 지는 섬이었으면
— 벽 밖으로 나갈 수 있는 열쇠가 있다면
　내게 파시겠어요?

그녀는 조랑말이 되어 가고 있었다
화석이 된 거리에서
치렁치렁 방울 소리가 들렸다

One of These Days

나무 한 그루 피에 젖어 있었다 나무가 숨기고 있던 흉기를 처음으로 보았다 아파트 주민들이 몰려나와 그녀의 깨진 머리 앞에서 집값 떨어지는 걸 걱정하기 시작했다 아직은 물렁한 죽음 옆에서 나비들이 피를 빨고 나뭇가지 서너 개 미안한 듯 그녀를 향해 부러져 있었다 립스틱이 마구 칠해진 그녀의 입에는 노란 필름이 감겨 있었다 얼마 전 오랜만에 환한 미소를 지었던 그녀에게, 옷 색깔이 이상하다고 말했던 사내가 마스크를 쓰고 나무를 베어 냈다 서커스의 끝처럼 사람들이 흩어진다 그녀의 피가 아직 마르지 않았던 아침이었다

광대 소녀의 거꾸로 도는 지구

시작은 어두웠지만
곧 환해졌다
분홍색 벽돌
회전문들

그리고 광대 소녀,
창백한 사람

§

가면을 벗어도
얼굴은 없고 표정만 있다

표정도 가면이다
— 이제 슬픈 음악에도 춤출 수 있다

§

외줄 위의 소녀,

검은 머리

동그란 얼굴,

윤곽은 흐릿해진

외발 자전거

종이우산이 돈다

들키지 않는다

기울어진 사람들 사이에서

광대 소녀가 돌리는

거꾸로 도는 지구

혹은 가면우울증

§

회전문 밖에는

비가 내리고 있었다

거리의 모든 것들이

휙휙 지나갔다

무엇 하나 오래 바라볼 수가 없었다

§

광대 소녀

돌아가는 회전문을 멈춘다

그래도 거꾸로 도는 지구

나의 오랜 꿈,

반복되는

타고 있는 서랍 속의 편지

그녀는 나의 오랜 기억,

나의 가장 약한 곳을 파고드는

그녀는 속눈썹을 뽑아 나에게 던졌다

예광탄처럼 터진다

우리는 세상에서 가장 높은 나무에 있었다

입 맞추려고 하자
그녀의 입은 동굴처럼 커지고
나는 단지
이빨 하나에 키스할 수 있었다

§

동굴 입구에는 미끄럼틀이 있었다

저곳은 내가 속할 수 없는 세상
망설였다

다른 월요일에 갈게
밑창이 튼튼한 구두를 신고

시간이 많지 않아요
지금까지 막힌 날들은 제 책임이 아니에요
너덜너덜 찢어진 월요일들
화요일이라고 다르겠어요?

— 그녀의 목소리에 고막을 잃었다

§

동굴 속으로 들어간다

미끄러져 내려갔지만
계단을 걸어 내려가는 것만 같았다

계속 끓고 있는 비
여기에서도 비가 그치질 않다니!
이것은 나의 일상이 될 것이다

바닥이 유리인 집

나는 사람의 형상이 아니었다
온몸에서 손톱과 이빨이 자라고 있는 주름진 늙은이
— 아, 더 이상은 말하기 싫다

§

거실에는

죽은 사람을 태운 침대들,

살아 있는 지네처럼 이리저리 움직이고 있었다

문마다 약간의 온기가 흘러나왔지만

의사들은 보이지 않았다

배가 고팠지만 먹고 싶은 것이 없었다

§

집으로 바다가 들이닥친다

난파선은 열매들을 떨군다

내 발자국 나를 쫓아

무섭게 메아리쳤다

그녀는 입을 다물고
나는 무덤 속에 갇힌다

계절의 연애

겨울은 봄을 끝없이 연애했지만 봄은 겨울을 사랑하지 않았다 둘이 함께 있는 시간은 너무나 짧았고 겨울은 봄 안에서 무너져 내렸다 계절은 갔던 길이 아니면 가지 않는다 봄은 여름을 끝없이 연애했지만 여름은 봄을 받아들이지 않았다 봄은 겨울의 흔적을 보이지 않으려 녹은 겨울을 묻고 또 묻었다 봄은 늘 할 말을 적어 다녔다 준비된 말이 아니면 아무 대답도 하지 않았다 여름은 겨울을 끝없이 연애했지만 가을 때문에 이루어지지 못했다 가을은 미안한 듯 곧 사라졌고 아무런 비난도 받지 않았다 가을이 굴뚝에 걸어 놓은 계단을 밟으며 여름은 겨울의 척추 뼈를 세어 본다 거리에는 피 흘리는 조화들이 가득 피어 있었다 꽃을 건드리자 벌들이 튀어나온다 계절은 왔던 길이 아니면 오지 않았다

예고편뿐인 드라마 「거대한 손목의 죽음」

벽을 손가락으로 훑으며 걸었다 손톱이 날카롭게 갈라졌다 손가락의 끝, 나의 세상은 거기서부터 시작한다 골목에서 〈계단이 튼튼하지 않으니 올라가지 마시오〉라고 쓰인 말뚝을 만났다 그 긴 계단 위에는 거대한 손목이 산다 그는 계단을 건드릴 필요 없이 한 뼘에 올라간다 그가 풋말에 썼던 펜은 얼마나 클까? 그 손목은 손톱마다 눈이 박혀 있지만 거의 퇴화되었고 상대의 움직임을 느끼는 건 손가락 마디에 난 털이었다 경고를 무시하고 계단에 올라간 사람들이 살해당했다는 소문이 나돌았다 나는 손목과 싸우다가 엄지손가락에 눌려 죽거나 손톱에 찍혀 죽는 악몽을 꾸기도 했다 그가 죽은 나를 집어 들면 난 증발하기 싫어 주르륵 흘러내렸다 손목은 새벽녘에 어떤 현악기를 연주하곤 하였는데 — 그것은 하프 소리와 비슷했다 — 긴 현을 애무하듯 건드리는 손목을 상상할 수 있었을 뿐 아무도 그의 연주를 보지 못했다 어느 날 자장가 같은 현악기 소리가 들렸다 살인자의 연주라고는 믿어지지 않을 만큼 아름다웠다 나는 그 소리에 이끌려 계단을 하나하나 올라갔다 계단은 하나도 약하지 않았다 그의 손등에 오르면 달이 성큼 가까워질 것 같았다

Ⅲ

微分 — 시인

그는 어릴 적 냇물과
눈물 사이를 헤엄치다가
비틀거리며 나와
몇 개의 돌멩이와 물고기를 토해 내고는 죽어 버렸다

그가 찍은 장면은 대부분 삭제되었다

微分 — 금기

i는 오르간의 건반 사이를 비집고 들어가 보기로 결심하였다 E와 F 반음 사이의 틈에 손톱을 밀어 넣었다 대체 이곳엔 어떤 음이 있었던 것일까 그의 손가락은 스스로 투명한 검은 건반이 되는 것 이외에 무엇을 증명할 수 있을까 건반들이 이빨을 드러내며 으르렁거렸다 i는 증명사진처럼 차분한 얼굴로 몇 개의 이빨을 뽑아냈다 바람 소리가 들려왔다 오르간 속의 바람은 자전거가 스스로 만들어 낼 수 있는 정도의 세기를 벗어나지 않았다 i는 오르간으로 들어가면서 내내 잃어버린 자전거를 생각했다 E와 F의 저편에서 톱날로 연주하는 듯한 — 아쟁 소리도 약간 섞인 듯한 — 신경질적이고 처연한 소리가 들렸다 두 건반 사이에 이렇게 많은 음들이 숨겨져 있었다니… 다행히 E♭와 F#이 그 음들을 간직하고 있었다 추방된 음들은 너무 많은 밤을 껴입고 있어서 손가락이 스칠 때마다 둔탁한 소리가 났다 i는 바람과 격리된 음과 음 틈을 애무하였다 그사이 뽑힌 건반들은 마이너 코드의 모퉁이마다 자동소총을 배치했다 몇 년간 거의 쓰인 적이 없었던 양 끝의 건반들만이 반대했다 다수결은 그걸로 끝이었다 집중사격은 손가락부터 시작되

었다 오르간에서 나오기 위해 오선지를 건드릴 때마다
i는 산산조각이 났다 i의 눈동자가 왼쪽으로 고정된 틈
을 타 그의 얼굴은 바람에 자꾸 번지고 있었다 i는 검붉
은 건반 몇 개를 토해 냈다 높은음자리표와 다리에 털이
자란 음표들이 i의 귀와 입술을 뜯어 먹었다 알레그로
모데라토 정도의 빠르기였다

微分 — 에로스

검은 머리 한 갈래로 묶은 여자가 웅크리고 앉아 있었다 검은 핀이 그녀의 모든 머리카락을 포용할 수 있는 것은 아니어서 몇 가닥이 그녀의 귀밑으로 흘러내렸다 그녀는 숨이 가빠서 아무런 말도 할 수 없었다 나는 깊게 파인 그녀의 스웨터 위로 조심스럽게 두 팔을 얹었다 목이 붉은 여자였다 그녀의 등에 긴 균열이 있었다 그녀의 속을 보는 건 고통스러웠지만 붉은 그 속에 무엇인가 뛰고 있었다 심장이 있을 위치는 아니었는데 마치 심장처럼 느껴졌다 당신이 이렇게 건조해져 있었다니… 달의 표면 같은 느낌이다 나는 그녀의 균열을 막기 위해 안간힘을 썼다 그 틈이 더 벌어지다가는 그녀가 죽을 것만 같았다 나는 아득히 먼 관(棺)으로 서투르게 뚝뚝 떨어지고 있었다

微分 — 어머니

가부좌로 앉아 있는 그녀,
치마에는 붉은 물이 고여
금붕어들이 놀고 있었다

微分 — 낭객

말에 거꾸로 올라탄다 철길을 달렸다 나는 나아가고 있던 것일까 손을 흔드는 사람은 멀어졌지만 그림자는 한동안 크게 다가왔다 새 떼가 하늘을 뒤덮을 때면 변명의 모서리 끝에서 나는 타들어 갔다 취기 속에서 잠시 정신이 말짱해지곤 했다 그러다가 총성이 들리면 누구에게 쫓기는지도 모른 채 더욱 빨리 달렸다

이 풍경이 십 년이 넘도록 반복되었다
나는 드문드문 있었던 것 같다

微分 — 길

이 거리를 오래 걸었으니 이곳이 내겐 自然이죠. 저 길들은 내게 강줄기와 같아요. 얼어붙은 물속에는 뒹굴던 낙엽. 나와는 다른 체온이기에 다가가고 싶은… 얼음이 녹는다 해도 그건 이미 다른 낙엽인 거죠. 버려진 텔레비전에서는 기침이 그치지 않는 점액질의 아이들, 가슴에 칼집을 내어 아가미를 만들고 있어요. 모든 벽들을 통과할 수는 없습니다. 내가 갈 수 있는 길을 더듬거리고 있을 뿐이죠. 너무 많은 문들을 통과하기 위해 나는 이그러진 귀를 흘리죠. 물이 빠지면 집이 한 채 나타날 것입니다.

微分 — 시계

유리벽을 사이에 두고 그에게 말했다
— 당신이 만든 시계에 결함이 있습니다 태엽이 작동하
지 않아요
그는 내 말을 다 듣기도 전에 고개를 끄덕인다
— 착오는 없습니다
유리를 두드렸지만 너무 두꺼워 그저 둔탁한 리듬처럼
들렸다
— 당신들이야 늘 그렇게 얘기하겠지
시계 유리에 김이 서려 초침이 보이질 않는다고요!
— 착오는 없습니다 시계가 시간은 아닙니다
그는 습기 찬 유리처럼 말했다
— 착오는 없습니다
그 시계는 지금은 작동할 때가 아닙니다
당신은 아직… 그 시간을 즐길 자격이 없습니다
시간은 시계만큼 공평하진 않습니다

상점 내 수백 개의 시계가 한꺼번에 종을 울리자 그의 얼굴에 금이 가더니 눈알이 깨져 버렸다 그의 눈에는 시계가 박혀 있었다 왼쪽 시계의 작은 초침 하나만 남고 모두 날아가 그의 현재 시각을 알 수 없었지만 두 시계의 날짜는 11일 차이가 났다 그나마 정확하다고 할 수는 없었다 몇 년, 몇십 년 차이일 수도 있으니까

내 눈이 커진다
시계가 커진다
그에게 받은 시계는 여전히 움직이지 않는다
귓속에서 두 시계 소리가 들리기 시작했다
나는 각기 다른 일 초를 지나고 있었다

微分 — 음악

내가 미쳐 있던 건
바람이 아니라 바람 소리였으니
어디로든 가자

음표는 곳곳에 있지만
부딪치는 것만이 소리를 낸다

微分 — 편지

검은 면사를 걷어 내자 우산을 쓴 뒷모습

이제 너무 늦었으니 눈만 몇 번 깜박여 주고 가세요

自爆과 節制, 그 사이에서 정처 없는 모음들

나는 어쩌면 하고 싶은 말을 이미 다 해 버렸어요

무늬가 증발한 하얀 기린처럼

微分 — 할머니

물 긷는 소리에 잠을 깨곤 해요 할머니는 물을 잠그지 않아요 소리만 있는 꿈인 줄 알았죠

할머니는 할머니의 엄마가 예뻤다고 했어요 왜 아니겠어요
— 시동(侍童)아, 밥 먹어라
이제 사흘에 한 번은 나를 못 알아보는 할머니
할머니 덕분에 오늘도 밥을 먹습니다

우리는 지금 같이 있어요 툭툭 끊어져 버린 아라베스크에서 다시 무늬들이 펼쳐지듯 할머니는 사방으로 육즙을 흘려보내시죠 발톱도 성하지 않은 껍데기만 남은 채
저도 곧 그렇게 될게요

微分 — 새

하늘 안에 갇혀 있는 날개의 예민함에
나는 그만 너의 가장 아름다운 한때를 놓쳐 버리고 말았다

微分 — 생일

출출한 새벽, 냉장고에는 다행히 날계란 두 개가 있었다 프라이팬에 계란을 깨자 검은자와 흰자위가 떨어졌다 눈동자 하나가 지글이글 분노하고 있었다 명확히 들리지는 않았지만 껌벅이면서 무언가 말을 하기 시작했다 직감적으로 뜨거워하는 걸 알 수 있었다 얼른 접시에 담아 주었다 난 배가 고파서 널 먹어야 하는데… 냄새는 분명 계란 프라이였지만 그것이 계란이라는 확신이 없었다 말하는 눈이라니… 할 수 없이 다른 계란을 깼는데 죽은 병아리가 주룩 흘러내렸다 껍질을 깨고 나올 힘이 없었던 모양이군 상한 냄새는 나지 않았다 얼마 되지 않는 털을 뽑아낸다면 먹을 수 있었지만 그만두었다 접시 위의 눈동자가 명확한 발음으로 알려 주었기 때문이다 그 병아리는 세상에 나오기 싫어 자살한 것이라고… 나는 달걀 껍질을 씹어 보았다

微分 — 아버지

화병이 쓰러지자 꽃이 깨진다 묽은 우유가 흘러나왔다 으르릉거리는 사랑, 하얗게 센 머리가 숙여진 채 빛을 발하고 있었다 너 갑자기 왜 이렇게 늙었느냐 저는 아버지처럼 될 자신이 없어요 아버지의 콧구멍이 나를 삼켰다 내뱉는다 잘린 생선 머리가 쏟아져 내렸다 훔친 물건을 제자리에 갖다 놓는 것처럼 아버지의 구멍이 떨리고 있었다 아버지가 아버지 되신 나이에 나는 손바닥을 펄럭거리고

微分 — 충혈

동공에 희미한 전류가 흐르고
총알을 삼킨 구름이 켜진다
한때 새가 꽂히는 바다였던 연약하고 아름다운 거기에
나는 붉은 뿌리를 내리며 누워 있었다

微分 — 계단

밟으면 소리가 울리는 계단
한 단은 현실의 음향
한 단은 꿈의 음악

두 계단을 밟으면
건반과 타악기의 접경에서 들리는 소리
그것은 결국 꿈에 더 가깝다

가끔은 내가 걷는 모든 단이 축 겹쳐져 내려앉아
합창과 윤창을 하기도 한다

조화와 생화가 뒤섞여
그때는 어느 꽃잎도 꽃잎일 뿐이다

음과 음향 사이는
침묵 아닌 無音

Ⅳ

섬망(譫妄)

이런 걸 먹어서는 뼈가 자라지 않아요 검역관은 내가 들고 온 조각난 유리와 플라스틱 동전을 들어 보이며 말했다 전 이가 하나 모자라는데요 그 이빨은 다른 머리카락을 물고 싶어 했어요 목구멍에서 들리는 소음 때문에 눈에 박힌 5촉 전구가 나가 버렸어요 감정을 가지고 있어서 너무 힘이 듭니다 검역관의 목에는 얼굴 대신 우산이 펼쳐진 채 꽂혀 있다 뚫린 목에서 바람 소리가 들려서 그의 음성이 잘 잡히지 않았다 당신은 나와 다른 주파수를 가지고 있어요 우울함의 원인은 즐거움보다 간단하지가 않으니까… 검역관은 더 이상 할 말이 없다는 듯 우산을 접는다 혀가 없는 그녀에게 전화를 걸었다 오늘 사랑니를 뽑았어 내일 보여 줄게 젖은 나무 냄새가 나 사랑니에 재봉틀 기름이 묻어 있었다 아무리 닦아도 지워지지 않는다 나는 오늘 술도 마시지 않고 편지도 쓰지 않았는데

젠틸레나를 위한 소묘

미래의 연장자

벽에 박힌 **Gentil** lena 젠틸레나의

얼굴 Lalena

그녀의 목소리로

걸어 들어가면 GentilGentileschi

오른쪽 Gentilena 눈에서

흐른다 진주가

녹아 흐른다

청동으로치장된장례식에서불어온머리카락굵기의시간들

그녀의땅에질질끌리는손톱

에찢기는동안

내흰자위는 파랗게변하고

그녀의 옷은 모래가 되어 나를 뒤덮는다

물에 잠기는 계단

나는팔을　　떨어뜨리며

걷고　　　　있 었 다

깃털 가면 속으로

Etude I - inner piano

낯　선

대 기 에 서

떨어진

깃 털 가 면,

피지 않는 꽃들 사이에서

내 눈은 머리카락을 게워 낸다

가장 멍청한 눈망울로

나는잠시　짖는나무에설득되었다

그 뿐 이　다

난　　이 미

죽어버린

버　　　린

잎

사

귀

질주하는 태양에 매달린

6°

무

지

개

Etude II- inner organ

토막 난 팬터마임

테마곡: Cuong Vu의 **I Shall Never Come Back**

신호등이 매달려 있는 방. 트럼펫 깨어나다. 난 얼굴을 처박고 엎드려 있었다. **빨간불 깜**박**깜**박. 진흙 위 말라 죽은 불가사리.　　손가락을 꼼지락거리는 나. 철근 자르는 소리에서 나는 향기, 시나몬과 생강. 집게손 잃은 소라게.　　그는 두 팔에 얼굴을 파묻는다. 트럼펫 건널목에서 흐느끼다. 두 겹의 유리벽. 하나의 문, 출구. 아직은 안전하다. **파란불 깜**박**깜**박.　　안의 유리가 깨지자 사라지는 바깥 유리벽. 사라진 유리는 나의 등골을 파고들고. 여전히 엎드려 있었다. 마르지 않는 진흙 위에서. 트럼펫 문밖으로 사라지다. 나와 소품들이 주연이자 관객이었던 17분 35초간의 무언극. 끝.　　이 진창에 다시는 돌아오지 않을 거야.

巨室의 한계 1 — 화병들의 춤

손톱 깎는 소리 아래
기 지 개 켜 는
비닐 뭉치

나를 질식시키는 향뜰
양탄자에서 피어나는 꽃들이여
제발 뿌리를 내리지 말아 다오
— 예민한 식물의 細部에
이젠 지쳤다
뿌리를 뽑아내도 사라지지 않는 그림자
꽃잎을 毒酒로 씻어 낸다

검은 춤
펄 럭 이 는 손바닥 몇 개
얼굴이 의자인 사람들을 쓰러뜨린다
부러진 목에서
피 묻은 책들이 쏟아져 나왔다
다시 손톱 깎는 소리
쳐다볼 수도 없을 정도로 큰 것인가

너무 작아서 보이지 않는 것일까

거대한 손바닥들
저 녀석들이 산소를 다 마시고 있잖아!

등에 박힌
굽은 손톱 하나
살을 헤집으며 자라고 있다

巨室의 한계 2 — 묘지가 있는 방

추모비만 거창한
저 무덤에는 아무것도 들어 있지 않아
다들 알고 있으면서 왜 쉬쉬하는 거지?

가서 만져 봐
원숭이들을 거느린
그림자뿐인 저 추모비를

바람 소리를 먹으려다 巨室에서 쫓겨난 사람들은
죽은 선인장을 먹는다
차라리 연기가 되는 것이 나았을 것이다

절벽에 매달린 모래성
난 그곳에서
고개가 젖혀진 채 삐딱삐딱 걸었다

우체국, 돌이킬 수 없는

못 박는 소리 사이로 전화벨이 울렸다 망치질 소리를 따라 다용도실 문을 열자 우체국 직원들이 양어장을 만들고 있었다 나는 소포를 들고 저울 앞에서 기다렸다 담당 직원은 통화 중이었다 그래 그럼 언제쯤 가면 되겠어… 글쎄 말이야 요즘 계속 일이 생겨서… 바닥이 질척거렸다 지금 가 봐야 할 데가 있거든요 잠깐만요… 응? 뭐라구? 그 돈이라면 전에 줬잖아 그럼… 내가 일주일 전에 입금시켰는데… 발목이 물에 잠기고 있었다 이봐요 급하단 말이에요 다른 전화가 오고 있었다 소포가 부풀어 올랐다

바닥에 전화선이 조금 튀어나와 있는 것이 보였다 그것을 한참 당겨 보았다 전화선이 점점 두꺼워지더니 물컹한 것이 발에 밟혔다 소포에서 물고기들이 튀어나왔다 바닥에 이미 사람 하나를 삼킨 듯한 두꺼운 뱀 허리가 보였다 그 속에서 동요(童謠)를 부르는 목소리가 들려왔다 우산을 집어 그 배를 푹푹 찔러 보았다 뱀은 움직이지 않았다 배를 갈라 보니 사람 크기의 여자 인형이 들어 있었다 그녀가 일어나려는 순간 머리가 굴러 떨어졌다 그녀의 얼굴은 계속

웃고 있었다 잘린 목에서 물고기를 계속 토해 냈다 가슴
까지 물이 차고 있었다

편지, 영월에서

— 이재훈 형의 「쓸쓸한 날의 기록」에 부쳐

그때 우리가 있었던 곳은 형의 고향 강원도 영월이었습니다. 형은 마치 길 잃은 아이처럼 더듬거리며 태어난 동네를 찾고 있었어요. 눈 덮인 들판에서 전화도 했었죠. "엄마, 내가 태어난 곳이 어디에요?" 나는 하필 바람과 다투며 지도를 쫓아 들판을 뛰어다녔습니다. 지도가 얼마나 뒹굴었을까. 그때 하늘에서는 새 한 마리 날고 있었던 것도 같습니다. 바람이 멀리 데려간 지도를 한참 만에 잡을 수 있었지요. 형이 태어난 곳은 이미 지도상에는 없는 마을이었습니다. 이미 오래전에 사라진 폐광촌이었기 때문이죠. 하지만 이름이 없다고 그곳이 사라진 것은 아닙니다.

형은 저에게 "다들 믿지 못하겠지만 나는 서정 시인이 되고 싶다."고 했습니다. 물론입니다. 형은 시를 썼을 때부터 아니 그 이전부터 서정 시인입니다. 저에게 서정시는 늘 이상한 개념입니다. 시 자체가 서정인데 그 말은 마치 동어반복처럼 느껴집니다.

제 시를 아직 읽어서는 안 되는 어린아이가 "당신은 피를 좋아하고 눈을 뽑을 만큼 잔인하지요?"라고 묻는 악몽에 시달리곤 합니다. “얘야, 난 그냥 평범한 사람이란다. 나는 나를 학대했을 뿐이란다.”라고 대답하다가 잠을 깨곤 합니다.

내가 태어난 곳은 어디일까.
저도 어머니에게 묻고 싶습니다.
사라진 그 집에 언젠가는 찾아가 보렵니다.
태어나지 않았으면 차라리 좋았을 저는
매일 죄를 짓고 살아갑니다.
기독교를 싫어하지만 때로 신자들보다
내가 더 종교적인 건 아닌지 저 자신이 가증스럽기도 합니다.
형은 독실한 신자이면서도 불편했을 제 독설을 항상 잘 들어 주었죠.
종교가 우리 사이에 아무런 장애가 되지 않는 것은 축복입니다.
저도 오늘 무얼 견디는지 모를
몽롱한 제 눈을 바라봐야겠습니다.

수중 극단

모든 장면은 아다지오보다 더디다 저 남녀 배우의 몸짓은 서로 애무하는 것으로 보이지만 실은 싸우고 있는 중이다 간혹 짧은 대사가 있긴 했지만 물속에서의 옹알이로 끝났다 구경하던 사람들이 하나 둘 사라진다 이것이 이 연극의 목적인지도 모른다 거품 뿜는 트럼펫… 녹슨 기타… 유일하게 들리는 북소리… 이 순간을 위해 배경음악 연주자들이 계속 물속에 있는 건 고통이다 수중에서 들려오는 음악… 이 연주는 언제쯤 벽을 뚫고 나올 것인가 이곳은 저곳은 너무 춥다 무덤에서 광대가 튀어나올 시간, 어릿광대 하나 무대에 나오지 않고 요요를 하고 있었다

매듭

거울에 붙어 있는 그녀의 머리카락은
어지럽게 얽혀 춤을 추고 있었다
그녀의 머리를 쓰다듬으면
손바닥엔 고운 핏자국
나는 냄새만 맡으려다 결국에는 핥아 먹고 만다
착한 귀가 그녀의 머리카락 사이로 보일 때마다
손에서는 서른 개도 넘는 사마귀가 자라났다
두 손을 비비면 보라색 피가 떨어지고

나와 그녀의 머리카락은
서로 끝없이 얽히다가 하나 둘씩 끊어지고
그녀의 목소리는 멀리 있을수록 잘 들렸다

태(胎)

나는 거대한 책 위에 붙어 있었다 그 책은 좀 더 글씨가 작아야 했어 서점 주인이 젖은 머리를 빗으며 중얼거렸다 간신히 다음 페이지로 넘기자 탯줄로 넥타이를 맨 사람들이 탯줄을 질질 끌고 다니는 사람들을 앞서서 가로지르는 모습이 보인다 간혹 행인들이 그 탯줄을 밟기도 했다 출근길 너머 서점 주인은 여전히 긴 머리카락을 빗고 있다 흔들리는 그네를 타고 비누 냄새가 퍼졌다 나무 대신 박혀 있는 전봇대가 바라보는 거리는 늘 아이들의 놀이터… 탯줄을 주머니에 숨긴 사람들은 계란에서 꽃을 피우기도 한다 날개 없는 병아리들이 껍데기를 깨고 나왔다 내가 삼킨 탯줄은 꼬리가 되어 땅에 질척이고 있는데 그네를 타고 있는 그의 머리는 언제쯤 마르는 것일까 낙태된 아이들이 붙어 있는 철도 위에 전차가 지나갔다 내가 나오기 전에 그는 책을 덮는다

거미의 눈동자

세상을 주시하는 외눈박이, 태양의 시력은 대부분 대기에서 흩어진다 아무도 태양의 색을 알지 못한다 태양은 곤충의 눈을 가지고 있기 때문이다 며칠 전 나는 태양의 연두색 눈동자를 본 적이 있다 손에 닿을 듯 떠 있는 붉은 하늘의 거대한 검은 달, 새벽은 아직 식탁 아래 잠들어 있다 창문을 여는데 비누를 놓치듯 손목이 거미가 되어 떨어져 나간다 거미는 다섯 다리로 절뚝이며 벽을 오르고 있다 거미가 닿는 곳은 모두 벽돌로 변한다

지구를 안고 회전하는 거미,
우주를 비집고 거미의 눈빛이 메아리친다

V

Edges of illusion (part I)

침침한 눈빛을 틈타 도착한 강가에서 우리는 무뚝뚝하게 눈동자를 흘린다 우리의 대화는 잘 보이지 않았고 어깨가 하는 이야기만 몇 마디 간신히 알아들을 수 있었다 우리의 눈은 입술 옆까지 흘러내리고 서로 그것을 게걸스레 먹어 치웠다 서로의 유리잔에 손을 넣고는 나올 줄을 몰랐다 손에 약을 바른 것을 잠시 잊고 말았다 다른 손가락들이 힘껏 비웃었다 우리의 어깨는 生花처럼 빨리 시들어 갔다

Edges of illusion (part II)

도주한 손가락들은 하모니카 속으로 들어가지 못하고
바지 끝자락이 걸리고 말았다
내 침 냄새가 진동했다

— 때론 박제된 곤충이 되고 싶어요
　이럴 때는 마침표가 마치 함정처럼 느껴지기도 하죠
그동안 모든 창공을 구겨 던져 버렸으니
그것은 식물에 뜨거운 물을 붓는 것처럼 잔인한 일이었고
난 그 잔혹함을 증오하여 사랑하였다

비누를 갉아 먹으며 폭포를 만들었다
물살이 얼어붙을 때까지는 반년을 기다려야 한다
나는 돼지가 되겠지만 끌끌
그때까지 새로운 화성학(和聲學)을 만들 것이다

Edges of illusion (part Ⅲ)

야간 행군을 하다가 결국 내가 뿌리였을 때를 생각해 내었다 속눈썹 위에 흰 눈이 쌓이고 그 위로 모래 바람이 불었다 앞을 보지 말고 아래를 보고 걸어라! 소대장의 고함 소리에 아래를 보다가 너무도 부끄러워 나는 나의 대리인이 되기로 작정한다 나의 이파리는 항상 멀리 있었고 대낮의 온기 속에서 잎을 통과하는 연두색 빛의 줄기를 상상했다 나팔 소리 들리지 않는 새벽, 얼마나 흙을 단단하게 쥐었던지 군화 속에 씨앗을 뱉어 내다가 나는 초록색 똥을 쌌다

Edges of illusion (part Ⅳ)

위(胃)가 뜨거워지면 목 잘린 곤충이 나를 방문한다 그에게선 방금 발사한 화약 냄새가 난다 다행히 그는 붉은 피를 가지고 있지 않았다 우리에게 서로 더 실망할 것이 남아 있나요 그의 백발에서 목소리가 들려왔다 서로 더 이상 실망할 것이 없는 사이는 좋지 않아요 왜 나의 가느다란 다리를 무시하십니까? 그것은 결국 당신을 불구로 만드는 일입니다 영영 다시 오지 않을 오후에 내 다리는 두 개의 굴뚝이 되어 연기를 뿜어 댔다

Edges of illusion (part V)

나의 임의대리인과 법정대리인이 싸우는 동안 나는 머리카락을 삼키고 뱃속에서 계속 자라는 머리카락 때문에 비누 거품을 먹다가 장거리전화로 모자를 부르고 그 머리카락의 주인은 내가 아니라고 아무리 얘기해도 샴푸를 먹지 않은 것은 잘못되었으니 다시 처음부터 절차를 밟지 않으면 모자를 쓸 수 없다는 얘기뿐이고 나는 평소 머리를 비누로 감는다고 얘기해도 도무지 믿어 주지를 않아 나는 누군지도 모르는 사람의 머리털 난 애를 배고야 말았다

Edges of illusion (part VI)

보라색의 파도가 덮쳐 그녀의 치마가 얼룩졌다 발기한 안경들이 그것을 지켜보며 키득거렸다 그녀의 치마가 더러워지면 안 되는데… 돌덩이로 안경들을 깨뜨려 버리자 그들의 독백이 들려왔다 눈물이 말라 버렸어 술을 마시면 눈물이 나오려나
듣기 싫어 안경들이 모래가 될 때까지 내리쳤다
포도 맛이 났다 굴 냄새였는지도 모른다
해변 위에 수많은 피리들이 돋아난다

Edges of illusion (part Ⅶ)

바다에 가라앉은 기타,
갈치 한 마리 현에 다가가
은빛 비늘을 벗겨 내며 연주를 시작한다

소리 없는 꿈…
아무것도 들리지 않았지만 부끄러워져
당분간 손톱을 많이 키우기로 마음먹는다
백 개의 손톱을 기르고 날카롭게 다듬어
아무 연장도 필요 없게 할 것이다
분산(奔散)된 필름들을 손끝으로 찍어 모아
겹겹의 기억들 사이에서
맹독성 도마뱀들이 헤엄쳐 나오도록 할 것이다
달의 발바닥이 보일 때까지
바다의 땅바닥이 드러날 때까지
나도 나의 사정거리 안에 있다

네가 고양이처럼 예쁜 얼굴을 하고 딸꾹질을 하는 동안
나는 보라색을 뚝뚝 흘리고 있었다
생선이 되어 너의 입속에 들어가고 싶었다

아무 미동도 없이,
고요하게

어른이 되고 싶었다

Edges of illusion (part Ⅷ)

내 안경 속에 있는 섬이 폭격을 맞았다 여러 개의 섬이 생겼다 나는 한동안 죽은 새처럼 누워 있었다 모래 바람이 끝없이 불어온다 얼마 전 어린 나무들을 심은 숲도 사막이 되어 버렸다 죽은 버드나무 숲에서 광대뼈가 빛나는 할매가 이백 년 전의 노래를 부르고 있었다 "하늘거리는 너의 머리카락은 수양버들처럼 바람의 이야기를 들을 수 있고 수줍어 웃는 너의 얼굴은 빨간 사과처럼 탐스럽구나 장미를 보지 못하고 죽은 사내는 영원히 봄의 아름다움을 알지 못하니 가슴에 간직한 사랑의 보석은 먹구름 사이에 반짝이는 별과 같구나"* 노파에게 어디에 사느냐 물었더니 당신의 집은 거대한 해골이었는데 오늘 산산이 부서져 흩어진 집들을 모으기 위해 노래를 부르고 있다 하였다 내 깨진 안경을 보여 주려는 찰나, 열여섯에 울면서 시집가는 달덩이처럼 아름다운 소녀의 환영이 보이더니 모래에 덮여 가는 오척단구(伍尺短軀)의 유골이 내 발 아래에 있다 흩어진 섬들이 모래 바람에 실명되고 있었다

* 위구르족의 전래 가요 「달처럼 어여쁜 아가씨」 가사를 변형함.

Edges of illusion (part IX)

염색업자를 만나러 가는 길, 그는 내게 파란 체크무늬를 약속했다 한 번도 약속한 색깔을 보여 주지 못했지만 이곳에 다른 염색업자가 없었기에 거래를 중단할 수 없었다 그는 며칠 전 수지가 맞지 않는다며 팔십 리 떨어진 다른 구역으로 가 버렸다 눈 주위가 하얀 내 당나귀, 광목 열두 필 싣고 터럭터럭… 발을 잘못 디디면 몸이 갈기갈기 찢어져 죽는다는 험한 계곡을 건넌다 내가 글자를 깨칠 무렵, 소금을 팔러 간 외할머니가 다시는 돌아오시지 못한 길이다 그를 만나러 가는 길은 가도 가도 안개 같은 황사만 자욱하다 “외할머니, 나는 왜 광목을 팔고 있을까요! 사는 게 흐리멍텅하니 시도 흐리멍텅합니다” 나귀가 새긴 발자국이 얼마 지나지 않아 사라질 만큼의 강풍이 분다 약속 장소는 보이지 않고 같은 곳을 계속 맴돈다 길을 잃은 것이 아니라 처음부터 길이 없었던 것이다 지평선도 보이지 않는 곳에서 하릴없이 서성이다 모래 위에서 누군가의 빗장뼈를 주웠다 내일은 내 돈을 사기 친 푸른 눈의 염색업자를 죽여야겠다 우선 그를 찾는 길을 만들어야 한다

Edges of illusion (part X)

긴 여행에 만신창이가 된 나는 바람에 취해서 강가에 도착한다 세상의 독을 다 마셔 버린 시바는 북과 삼지창을 들고 나에게 물었다 “너의 수행을 돕기 위해 눈과 귀 중 하나를 가져가겠다 무엇을 포기하겠느냐” 그가 머리에 이고 온 달이 너무도 눈부셔 마치 빛이 이야기하고 있는 것 같았다 그의 여러 팔 중 두 개는 규칙적으로 북을 두드리고 있었다 “저는 色과 소리가 없는 곳에서는 살 수 없습니다 차라리 입을 가져가십시오” 시바의 네 번째 얼굴에 박힌 세 개의 눈이 모두 나를 노려보며 “입을 가져가면 음식을 먹지 못해 곧 죽을 텐데 괜찮겠느냐 한 번 더 자비를 베풀겠다! 눈과 귀 중 무엇을 내놓겠느냐” 다시 물었다 “소리는 제게 공기와 같아 音이 없으면 의식도 흐려지니 눈을 내놓겠습니다” 그는 독이 퇴적된 검푸른 목으로 침을 한번 삼키더니 세 번째 눈으로 내 눈을 태워 버렸다 “소리는 色보다 너를 더 자극하니 수행이 느려질 것이다” 북소리가 점차 멀어져 갔다 그를 다시 만나기 전, 내 눈은 천공의 막다른 길까지 취한 피를 흘릴 것이다

■ 작품 해설 ■

상처와 투명한 소통

황현산(문학평론가)

정재학의 시에 관해 말한다면, 무엇보다도 먼저 그 초현실성을 거론해야 한다. 자주 산문시의 형식을 지니는 정재학의 시는 그만큼 자주 하나 이상의 이야기를 끌어안고 있거나 그 이야기를 물고 시작하지만, 그 시말을 종잡기는 어렵다. 사건에는 인과적 추이라고 불러야 할 것이 없고, 있더라도 그것은 어떤 '뜻'으로 환치되려 하지 않는다. 이미지들은 늘 갑작스러운데, 그것들이 당혹스러운 점은 그 돌발성에 있는 것이 아니라 오히려 그 의외의 출현들이 누려야 할 공격성이나 환기성이 '거세'되어 있다는 데 있다. 풀숲을 헤쳐 가던 정찰병에게 갑자기 총을 겨누고 일어선 매복조들이 한 번 히죽 웃고 사라져 버린다면 두려워해야 할 것은 그 매복과의 조우가 아니다. 이야기들과 이미지들 사이에 연결 통로가 생략되거나 오도되고 있다고 재빠르게 말할 수도 없다. 통로가 애초에 존재했다는 흔적도 없고, 그것이 복원될 가능성도 그만큼 희박하기 때문이다. 그렇다고 해서 정재학의 텍스트가 완전히 논리적 설명의 외곽에 존재하는 것은 아니다. 이를테면 「微分 — 시인」 같은 짧은 시는 그 주제소나 메시지의 관점에서만 본다면 비밀스러운 것이 거의 없다.

그는 어릴 적 냇물과
눈물 사이를 헤엄치다가
비틀거리며 나와
몇 개의 돌멩이와 물고기를 토해 내고는 죽어 버렸다

그가 찍은 장면은 대부분 삭제되었다

죽은 자가 토해 낸 "돌멩이"와 "물고기"는 의미론적 층위가 다르다. 물고기는 일차적으로 그가 물을 마시고 죽은 익사자라는 사실과 그 익사의 정황을 드러내는 직접적 의미 도구로 기능하지만, 돌멩이는 그럴 수 없기에 다른 층위의 설명을 요구한다. 그래서 물고기는 죽은 자가 헤엄쳤던 "냇물"에 그 근거를 두겠지만, 돌멩이는 그를 미역 감기었던 "눈물"에 결부될 수밖에 없다. 내의 어느 한 기슭에서 물에 뛰어들기 전에 이미 그의 내장에는 그에게 상처를 입힌 돌멩이가 들어 있었으며, 그것이 그를 학대하고 억압하여 다른 기슭을 향해 헤엄치게 한 추동력이었던 것이 분명하다. 시는 그가 헤엄치기 시작한 물가와 "비틀거리며" 나온 물가가 같은 물가인지 아닌지 명시하지 않는다. 시인은 알고 있을까? 그러나 "그가 찍은 장면은 대부분 삭제되었다"는 마지막 시구는 그가 헤엄치는 과정에 또 하나의 작업이 진행되었으며, "대부분 삭제"라는 말에 담긴 아쉬움의 양태는 그 위업이 적어도 내 하나는 건넜을 정도로 상당한 것이었음을 짐작하게 한다. 시인도 그렇게 짐작할까. 시인의 어조는 일관되게 비극적이다. 죽은 자의 작업은 거의 모두 무위로 돌아갔기에 그 성과는 내세울 것이 없으며, 두 물가의 차이 역시 무의미해질 위험이 있다. 게다가 그 물가들이 이편 저편으로 구분된다 하더라도, 그 건너가기 과정에 대한 기록의 삭제와 함께 그 위업은 재연되거나 답습될 수 없다. 시인의 이 비극적 어조는 엄중한 관점에서 이 텍스트에 나타나는 몇 가지 수사학적 내지 문법적 실수와 연결된다. "냇물과 눈물 사이를 헤엄치다"라는 표현에는 시공의 혼동이 있다. 또한 "돌멩이"에는 "몇 개의"라는 수량 표현이 앞서지만, "물고기"에는 이에 상응하는 어구가 없다. 그래서 물고기는 돌멩이가 누리는 구체적인 물질성을 다 누리지 못한다. 게다가 물고기는 부정적인 가치가 확고한 돌멩이와는 다른 가치를 지녔을 법도 한데, 그 생사를 비롯하여 그 상태를 나타내는 어떤 말도 언급되어 있지 않다. 물고기는 또 하나의 상처일까, 아니면 소득일까. "그가 찍은 장면"이 지워진 것이 누구에 의한 어느 시간의 일인지, 익사 사고와 겹쳐서 일어난 일인지, 사건 이후 어떤 평가에 따른 것인지, 그에 관해서도 역시 언급이 없다. 시인은 알면서도 말하지 않는 것일까. 그러나 어조는 힘차고 리듬은 강팍해서 실수는 고의적이 아니며 누락은 의도적 생략이 아님을 알게 한다. 독자가 텍스트를 이해하기 위해 어떤 논리를 무기로 삼더라도 그 논리는 텍스트를 만들기 전에 전제한 논리는 아니다. 다시 말해서 시인은 돌멩이와 물고기와 지워진 장면의 은유를 어떤 논리 위에 배열한 것이 아니라 그들 은유를 '살고' 있다. 정재학에게 은유는 철저하게 삶이며 체험이다. 그는 이 시를 쓸 때 제가 알지 못하는 돌멩이와 물고기를 만났던 것이며, 우리가 그것들로 한 시인의 삶을 논리적으로 구성해 내는 것은 차후의 일일 뿐이다. 사실 초현실은 낯선 현실과의 만남 이외에 다른 것일 수 없다. 정재학에게서는 특히 그렇다.

연작 시의 일부인 「Edges of illusion (part Ⅲ)」는 이 '살아 내는 은유'를 더욱 선명한 그림으로 보여 준다.

> 야간 행군을 하다가 결국 내가 뿌리였을 때를 생각해 내었다 속눈썹 위에 흰 눈이 쌓이고 그 위로 모래 바람이 불었다 앞을 보지 말고 아래를 보고 걸어라! 소대장의 고함 소리에 아래를 보다가 너무도 부끄러워 나는 나의 대리인이 되기로 작

정한다 나의 이파리는 항상 멀리 있었고 대낮의 온기 속에서 잎을 통과하는 연두색 빛의 줄기를 상상했다 나팔 소리 들리지 않는 새벽, 얼마나 흙을 단단하게 쥐었던지 군화 속에 씨앗을 뱉어 내다가 나는 초록색 똥을 쌌다

화자는 눈 내리고 바람 부는 밤의 행군 중에 소대장의 고함 소리에 따라 "아래를 보고", 즉 흙을 보고 걷다가 제 마음속 가장 아래쪽 흙바닥을 보고 만다. 그곳은 세상에 알려지면 모든 사람들이 그에게 침을 뱉게 할 것들이 우글거리는 외설과 치욕의 자리이다. 그가 자신의 이 쓰라린 현실을 감당하기 위해서는 그것이 마치 남의 일인 것처럼 처리하는 자, 다시 말해서 저 자신이면서 동시에 제삼자인 "대리인"이 되는 방식을 취해야 한다. 그러나 이 대리인이 남의 일처럼 바라보게 될 것은 그 치욕의 현실만이 아닐 것이다. 화자가 열망해 온 푸른 "이파리"와 "대낮의 온기 속에서 잎을 통과하는 연두색 빛의 줄기" 역시 그 무정한 눈 앞에서는 현실에서 이탈하려는 빈 생각의 나약한 기획에 불과하다. 어두운 밤에 눈 쌓인 길의 모래 바람을 통과하게 해 줄 힘을, 그 빛나지만 비어 있는 상상에 기대할 수는 없다. 그는 어쩔 수 없이 흙에, 또는 마음속 치욕의 자리에 단단하게 뿌리를 박으려 했고, 그 덕분에 어쩌면 푸른 이파리와 연두색 빛의 줄기로 성장할 수도 있을 씨앗을 그 흙과, 또는 그 치욕의 자리와 하나가 되어 있는 군화 속에서 발견

한다. 화자는 자신이 쌌다는 "초록색 똥"을 부정적인 어조로 말하고 있지만, 그것이 다른 평가를 얻을 수도 있다. 그것은 어두운 뿌리와 연두색 줄기 사이에, 또는 치욕의 현실과 탈출의 기획 사이에 어떤 종류의 화해가 성립되려 한다는 예감일 수도 있고, 뿌리와 이파리가 서로 그 형질을 조응한다는 것을 알아차리는 창조적 발견의 알레고리일 수도 있다. 더 나아가서 이 알레고리가 정재학의 시론 하나를 고스란히 지시할 수도 있다. 소대장의 자리에 문학 이론가나 비평가들을 대입한다면(하늘을 보지 말고 현실을 보라는 말은 그들에게는 벌써 입버릇이 된 군호이다.) 화자는 그들이 기대한 것보다 더 깊은 현실을 보기에 이르게 된 시인이다. 그는 현실의 불행을 인지하는 힘으로 자신의 욕망과 기획을 객관화하고 이 삶과 다른 삶을 아우르는 새로운 글쓰기의 비전을 가까스로 엿본다. 그러나 중요한 것은 이런 논리적 해명이 아니라 시인이 어둠을 뚫고 눈과 모래와 바람을 헤쳐 가는 어느 행군의 밤에, 저녁부터 새벽까지의 그 또렷한 현실을 한 그루 나무-인간의 존재로 살았다는 '사실'이다. 정재학에게서 초현실은 상상의 변덕이 아니라, 어떤 논리적 결단을 그 한계에 이르기까지 밀어붙여 얻게 되는 시상(視像)에 바치는 이름이다.

우리가 읽은 두 편의 시는 모두 일종의 메타시이지만, 한편으로는 어떤 외상에 관한 진술이다. 이 점은 정재학의 시를 상처의 한 변용이라는 관점에서 살펴볼 수 있는 근거가

된다. 사실 정재학의 아름다운 시에는 잘 만들어진 상처 시스템이 때로는 보이게 때로는 보이지 않게 하나씩 장치되어 있다. 「즉단(卽斷)」에서는, 도시적 억압이 빚어낸 과민한 상처가 상처받은 자를 상처 주는 자로 한순간에 바꿔 놓는다. 「계절의 연애」에서 모든 세대교체의 역사는 배척과 쫓김에 따른 강박의 역사와 다르지 않으며 모든 성장과 개화는 거대한 상처의 확인에 지나지 않는다. 「역류」에서 어린 시절에 부주의하게 뱉은 하찮은 말들이 통화 중의 혼선을 타고 잠그지 않은 수도꼭지의 누수처럼 흘러나온다. 「섬망(譫妄)」의 화자는 제 뽑힌 사랑니에 "재봉틀 기름"이 묻어 있음을 확인한다. 그는 상처의 힘으로 얻은 사랑까지도 어떤 기계적 작용의 결과가 아닌지 의심하는 것이 틀림없다. 「어느 老의사의 조각난 거울」에서 늙은 정신과 의사는 환자들을 "날카롭게 반짝"이는 깨진 거울 조각으로 본다. 그 조각들 하나하나에 비추이는 것은 "최후의 경계선"을 넘어 버렸을 때의 그 자신의 모습이다. 시집은 종류와 깊이가 다른 상처들의 앨범처럼 보이기까지 한다.

그러나 이 단순한 열거에서도 금방 알 수 있듯이, 정재학의 상처는 고정된 상태로 치유를 기다리는 고통의 자리에 그치지 않는다. 그것은 시 쓰기의 뿌리일 뿐만 아니라 그 과정이며, 자주 그 결과이다. 시집의 첫 시 「시원(詩源)」에서, 태양이 비치지 않는 막다른 골목에서 시인이 두 귀에 꽂히는 어떤 기적의 빛을 감지할 때, "연두색 피를" 흘리게 하는 빛은 상처와 구분되지 않는다. 「어느 안과 의사의 폐업 전야」에 나오는 안과 의사는 "아플 때마다 땅에서 샘솟는 맑은 물을" 마셨던 기억이 있기에, 시력을 잃었을 때 더욱 놀라운 것을 보게 되리라고 믿는다.

「Psychedelic Eclipse」에서, 메마른 땅의 정처 없는 연주 여행은 그 자체가 기계음 날카로운 연주의 형식을 지닌다. 그래서 고난과 무소득과 실종으로 이어지는 긴 상처는 불모의 시간을 열어젖히고 그 내장으로 들어가는 수술 행위와 같다. 이 체계적이고 능동적인 상처가 현실의 또 다른 출구를 여는 칼날인 것은 말할 것도 없다.

체계적, 능동적, 거기에 더 필요한 말이 있다면 그것은 '체질적'이다. 정재학과 대화를 나누어 본 사람은 그가 가볍게 말을 더듬는다는 사실을 금방 알아챈다. 두뇌가 명석한 언어장애자들이 자주 그렇듯 제가 해야 할 말을 가능한 한 간명한 문장으로 만들어 입속으로 한 번 되뇐 다음 신속하게 내뱉는 방식은, 정재학의 방식이 아니다. 그는 오히려 해야 할 말을 천천히 음미하듯 말한다. 이 극도로 침착한 말하기는 그에게 말과 그 물질성에 대한 특이한 경험을 가져다줄 것이 분명하다. 생각이 호흡으로 바뀌어 목젖을 울리고 입천장과 혀 사이로 미끄러져 나와 이와 입술에 부딪치는 물질감을 그보다 더 깊이 느끼는 사람은 드물 것이기 때문이다. 그에게 말은 생각의 해방이면서 동시에 해방을 가로막는 물질의 장애이다. 말은 생각의 상처를 포함

하고 있다. 그래서 말라르메가 한번 말했던 것처럼, "꽃!"이라고 발음할 때 그 목소리가 어떤 윤곽도 남기지 않고 공기 속에 기화하면서 꽃이라는 생각 그 자체가 되어 그윽하게 솟아오르는 표현의 상태를, 그보다 더 갈구하는 사람도 없을 것 같다. 좋은 의미에서건 나쁜 의미에서건 말의 물질성에 대한 의식은 절대성 소통에 대한 열망으로 이어진다. 상징주의에서 초현실주의를 넘어서까지 현대 시 운동이 지지해 온 열정 또한 생각과 말을 연결하는 투명한 번역 기계에 대한 희망과 다른 것이 아니다. 그러나 투명한 소통은 투명한 사람들 사이에서만 가능하다. 마지막으로 또 한 편의 시 「일인극이 끝나고」를 읽는다.

어릴 적 친구가 살던 집으로 이사했다. 그새 주인이 몇 번이나 바뀌었을까. 계단에는 이제 늙어 버린 고양이가 졸고 있었다. 이삿짐을 다 옮길 무렵 그 친구가 지나간다. 다가서자 그는 아이처럼 작아진다. 친구를 안아 본다. "하나도 자라지 않았네?" 그는 건조하게 웃었다. 계단에는 교실처럼 아이들이 앉아 있었다. 처음 보는 아이들이었다. 그는 계단 위로 가서 한 아이의 뺨을 후려쳤다. "이건 i 때문인 줄 알아. i가 죽었어. 거울이 비어 있다며 자살했어." 평소 그렇게 당차던 i가 자살하다니… "저 아이가 i를 어떻게 알고 있지?"
"누군지 궁금해할 필요는 없어. 이건 서로의 역할을 바꾸어도 상관없는 연극이니까. 네 대사를 잠시 빌렸을 뿐이야." 나무가 길을 향해 짖어 대고 있었다. 정확히 어떤 동물의 소리를 닮았는지는 알 수 없었지만 내 목소리처럼 느껴졌다.

이 시도 상처의 기억으로부터 시작한다. 폭력이 있고 자살이 있고 그것을 해설하고 전달하는 목소리가 있다. 그러나 폭력을 행사하는 "아이"와 폭력을 당하는 "아이", 자살하는 "아이"와 그 사실을 전달하는 "아이"는 모두 "i"에 수렴된다. 동시에 벌써 대문자이기를 그만둔 "i"는 저 모든 아이들로 확산된다. 비어 있는 거울은 타자들이 주체 속에 통합되는 자리이면서 동시에 주체가 타자들 속으로 흩어져 사라진 자리이다. 자살한 아이도 그 빌미를 제공한 아이도 없이, 폭력을 행사한 아이도 당한 아이도 없이, 빈 거울에는 상처만 남아 있다. 이 상처는 주체와 객체가 없으면서도, 모든 아이와 i가 그 주체이면서 객체이기에, 절대적이고 투명하게 소통된다. 그래서 한 사람의 대사는 다른 사람의 대사가 되고, 한 사람의 생각과 말은 각기 다른 사람의 말과 생각이 된다. 이 절대적 소통의 세계에서는 나무가 말을 하고 길이 그 말을 듣고, 아이와 i가 그 목소리를 제 목소리로 받아들인다. 주체가 자신을 혁명하여 이룩하는 빈 거울은 장애의 말이 절대적 소통으로 열리는 문인 동시에 현실이 초현실로 열리는 문이다. 그러나 혁명이 늘 상처를 그 기폭제로 삼아야 한다는 사실은 슬프다. 그것을 희망의 비극이라고 말하자니 안타깝고, 비극의 희망이라고 말하자니 시인의 고뇌를 너무 가볍게 여기는 것 같아 어설프다. 정재학의 시에서는 어떤 희망도 비극적 어조를 벗어 버리려 하지 않는다는 말만 덧붙여 두자.

정재학

1974년 서울에서 태어났다.
1996년《작가세계》로 등단했으며 시집『어머니가 촛불로 밥을 지으신다』가 있다.
2004년 박인환문학상을 수상했다.

광대 소녀의 거꾸로 도는 지구

1판 1쇄 찍음 · 2008년 5월 19일
1판 1쇄 펴냄 · 2008년 5월 23일

지은이 · 정재학
발행인 · 박근섭, 박상준
편집인 · 장은수
펴낸곳 · (주)민음사

출판 등록 1966. 5. 19. 제16-490호
서울시 강남구 신사동 506번지 강남출판문화센터 5층 (우)135-887
대표전화 515-2000 / 팩시밀리 515-2007
www.minumsa.com

값 7,000원

ISBN 978-89-374-0763-5 (03810)

※ 이 시집은 한국문화예술위원회 문예진흥기금 지원을 받았습니다.